AF371036

LES
PREDICTIONS
REMARQVABLES DE
L'Astrologve François.

ADRESSEES AVX
Monarques & Potentats de la
Chrestienté.

A PARIS;

M. DC. XXV.

AVX
MONARQVES
ET POTENTATS DE
LA CHRESTIENTÉ.

Etovrnez vous à Dieu ô Monarques & Potentats de la Chrestienté, & il benira vos entrepri-
ses, & vous aydera à les conduire
à leur perfection pour vostre profit. Retournez-
vous à Dieu, & le remerciez & loüez hau-
tement; car c'est luy qui vous a créez & esle-
uez de la poudre, pour vous faire regner sur
son peuple: & c'est luy-mesme qui vous veut
assister si vous le recognoissez, & l'en priez, comme vous le deuez. Il a fait prospérer vos pre-
decesseurs, tant qu'ils l'ont seruy si bien qu'ils
ont eu la domination de toutes les regions du
monde habitable, & leurs ennemis mesmes ont

fléchy les genoux deuant eux, & leur ont soufmis leurs sceptres & leurs riches & redoutables Empires. Seruez le doncques & le glorifiez si vous voulez regner puissamment; car autrement vous ne le sçauriez, puis que regner & seruir Dieu sont relatifs, & ne peuuent estre à perfection l'vn sans l'autre. Seruez doncques à Dieu, ô Monarques & Potentats de la Chrestienté ; car si vous le faictes, vous aurez de grandes victoires sur les ennemis communs de la Religion Chrestienne. Dieu vous le faict denotter par la disposition des Astres, & ne tiendra qu'à vous d'estre victorieux, puisque les influences Astrines, & vn nombre presque infiny de signes extraordinaires que ce grand Dieu nous faict voir depuis quelques années, promettent la victoire aux plus Religieux & plus iustes d'entre vous. Faictes si bien chacun en son particulier, que vous participiez tous par égale part, à l'honneur & à la conqueste que Dieu vous promet, si vous le seruez & honorez. Disposez-vous doncques à cet effect, & dispo-

sez-y tous vos subiets en leur faisant iustice :
car l'affaire le merite, quittez tous les discords
qui sont entre vous, & vous unissez si bien
que vous n'ayez tous qu'vne mesme volonté &
vne mesme intention, et qu'elle ne tende qu'à
loüer Dieu, & augmenter la puissance Chrestienne : & vous iouyrez bien tost de la bonne
fortune que Dieu promet aux Rois qui le ser-
uiront de tout leur cœur, non seulement de
pensee, mais reellement & de faict, comme
ils y sont obligez, & serez les plus heureux
Princes de tous ceux qui viuront iamais au
monde ; car tous vos subiets vous loüeront,
tous vos ennemis s'abbaisseront à vos pieds,
vous demanderont pardon, & vous obeyront
comme à leurs vainqueurs et Seigneurs sou-
uerains : Et seront-ils contraints à ce faire,
non par voftre addresse, non par voftre grandeur, non par vos richesses, ny moins par
voftre puissance particuliere : Mais bien par
la puissance Souueraine & infinie de Dieu,
qu'iles portera tous à cet effect, comme il nous
le demoftre par tous les signes ordinaires & ex-

traordinaires qui nous sont apparus depuis
quelques années, & nous paroissent encores, sur
la signification desquels i'ay faict les Predi-
ctions suiuantes que ie vous desdie, si vous
vous retournez à luy, & le seruez selon la
qualité eminente qu'il vous a donnée sur son
peuple à obseruer, & faire obseruer à vos
subiects ses iustes & tres-sainctes Loix, Dieu
vous face la grace de le faire,

ADIEV.

PREDICTIONS
remarquables.

I.

IE parle tout fasché, & à demy recreu
Des trauaux & des maux que ie vois en ce monde,
Ie ne seray pourtant de tout le monde creu,
Puis qu'on ne croit pas Dieu, par qui tout bien abonde.

II.

Le grand Roy de Farçay combattra l'Otoman,
L'Otoman le Chrestien en aura la reuanche,
L'an que cinq deux, & six suiuront vn, l'Alleman
Ioint auec celuy qui porte la fleur blanche.

III.

Quand le frere du mort, grand en biens & malheurs
Voudra mettre la main à reprimer le vice,
Le vieux clochant verra que les plus grands voleurs
Ressentent à la fin l'eternelle iustice.

IV.

Bunolly souffrira lors que le parricide
Se verra chastié du sacrilege faict,
Adultere cruel pour la femme homicide,
Tombé du lieu plus haut au goulfe plus infect.

V.

Le delay se rompra, & la misericorde
S'exercera bien peu par tout nostre climat,
Vn grand ambicieux chassera la concorde,
A lors que le cruel aura l'eschequemat.

VI.

Le Pontiphe & les siens auront la discipline
Auec le repentir d'auoir mal seruy Dieu,
Et souffert pululer l'heresie Mabine;
Car le bastard voudra s'emparer du sainct lieu.

VII.

La conjonction des Planettes suprémes
Du pere & fils nous marque, que grands maux
Se couleront des parties extrémes
Iufques au cœur des plus grands animaux.

VIII.

Les aliez qui deuroient viure en freres,
Suiuront l'aduis des mauuais confeillers,
Et gafteront tellement leurs affaires,
Qu'ils en perdront iufques àleurs foulliers.

IX.

L'vn faifira le port Geffauriaque,
L'autre viendra pour l'en faire fortir;
Mais le premier mangera la Bernaque,
Et ne voudra iamais s'en repentir.

X.

O Blaquenet, Ardres, Calais & Guines,
Que ie vous vois courir vn grand hazard,
Quand fainct Omer, Caffel & Grauelines
Perdront leur bien par la main du foldat.

XI.

Le mont Hulin n'aura plus Campaignole
Pour le garder, comme il auoit iadis
Tout fe rendra fur l'armée Efpagnolle,
Les conquerans fuyront eftourdis.

XII.

Quand les deux camps s'aduanceront à Liques,
Les Marfeillois feront véndus à pris;
Mais le plus beau des Françoifes reliques
Les gardera de perte & de mefpris.

XIII.

Par Offenay, Stiermarck, & Auftriche,
Seront reduits en grande extremité,
Polongne auffi, & Venife la riche
Quand cinq, deux, fix, enfleront l'vnité.

XIV.

XIV.

Toſt on verra le grand opiniaſtre
De l'Orient pourſuiure le Soleil
Vers l'Occident ; mais il ſe fera battre,
Et tombera en malheur nompareil.

XV.

La grand cité par Mahommet ſaiſie,
Retournera le croiſſant pour la croix,
Et le puiſſant qui tient la propre Aſie,
Ne l'aura plus ſouz ſes barbares loix.

X V I.

Les trois Eſtats ſeront en grand deſordre,
Vn obſtiné qui ne fit iamais bien,
Rompra le tout à force de le tordre;
Mais il moura enragé comme vn chien.

X VII.

La grand' terreur courira par l'Europe,
Pluſieurs contraints ſe rendront priſonniers,
Et ſeront mis dans la barque d'Atrope
Par les larrons de leurs propres deniers.

X V I I I.

Celuy qui faict le vaillant chef de guerre,
Et qu'on a creu le meilleur de ſe temps,
Impudemment faira ruer par terre,
Aux ennemis ſes meilleurs combattants.

X I X.

Ce grand Rouſſeau eſleu pour Capitaine,
Au detriment de l'honneur des meilleurs,
Mettra le grand & en perte & en peine,
Et ſon eſtat en de tres grand malheurs.

X X.

Les Cimbriens, & ceux de Betauie,
Auec le gros de tous leurs alliez,
Feront effort, & y perdront la vie:
Les Caſtillans vnis & ralliez.

XXI.

Prés de Breda rencontre fera faicte,
Prompt affailly, vaillamment deffendu;
Mais neantmoins la plus vaillante tefte
Lairra fon corps fur le champ eftendu.

XXII.

De Parpignan yront à Carcaffonne
Piller le bien, & s'en retourneront
Chargez leurs cols fans y perdre perfonne,
Les plus foldats du faict s'eftonneront.

XXIII.

Les affligez par les guerres paffees
Se pouruoyront pour faire leurs grands coups,
Et feront voir que leurs gens courroucees
Font plus de mal mille fois que les loups.

XXIV.

Les querellans en duel fe batront,
Le blond mourra, dont fera grand dommage,
Les gens du Roy au bien fe preuaudront
Au grand regret de tout fon parentage.

XXV.

Les deux Gafcons fe battront franchement;
Mais les coufins feront fupercherie,
Et les mettront fans nul empefchement,
Comme l'aigneau eft à la boucherie.

XXVI.

Des vieux duels, vn nouueau fe fera,
Entre parents de maifon Iudaïque,
Et ce duel vn malheur produira,
Qui troublera toute la Republique.

XXVII.

L'an dix-fept fe trouuera vangé
Par la perfonne en grandeur outragée,
En pleurs trampé le pain déja mangé
Fera quen fang fera tefte plongée.

XXVIII.

L'esleu pour grand & apres rabaissé,
Recherchera d'auoir nouuelle terre;
Mais il sera de chacun delaissé,
Quand il aura son dessein à la guerre.

XXIX.

Le jeune faict Italien d'vn costé
Se moquera, & pour sa moquerie
Sera du cœur de ses amis osté,
Et apprendra que vaut la raillerie.

XXX.

L'occasion parfaicte s'offrira
De paruenir à vn grade supréme:
Mais du moqueur tout chacun se rira,
Qui tombera de l'vn en l'autre extréme.

XXXI.

Les Marcomans repousseront l'abort
Du grand Bassa, & sa guerriere armée
Apportera la terreur & la mort
Tout tombera soubs la mieux animée.

XXXII.

Prés de Lycus le long de la Rhetie,
Ceux du croissant gasteront le pays;
Mais tost apres & sur leur departie,
Les gens du ciel les rendront esbays.

XXXIII.

Auguste aura la peur sur la retraitte,
Mais neantmoins le sauueront les siens,
L'armée au Turc sera toute deffaitte
Au grand honneur des Vindeliciens.

XXXIV.

Celuy qui fait l'esuanté par finesse,
S'aduisera du malheur ja passé,
Et par mespris de la jeune noblesse,
Son mouuement se verra rehaussé.

XXXV.

Bien à propos les fruicts de l'auarice,
Releueront tel qui c'est raualé,
Tel s'est moqué de l'homme & de son vice,
Qui en sera grandement desolé.

XXXVI.

Mars, Iupiter, la Paillarde & Mercure
Se rencontrant dedans l'humidité,
Les grands, plus grands oublieront l'iniure,
Et en auront de la commodité.

XXXVII.

Les eaux croistront & feront du rauage,
Quand Garce, Mars, Iupin & le Marchant
S'humeteront, & maints bourgs & villages
Souffriront l'eau, & le mal du méchant.

XXXVIII.

Necessité mettra le peuple en armes,
Plusieurs vieillards damnez perdront le leur,
Et ne pourront par tresors, ny par charmes
Se preseruer de ce iuste malheur.

XXXIX.

Les defenseurs de la secte nouuelle
Seront reduits par force & par raison,
Et les enfans de l'espouse fidelle
Leur donneront logis en leur maison.

XL.

Durant le temps que tomberont les neiges,
Verroux rompus, Nonains à l'abandon;
Mais malheureux seront les sacrileges,
Executez sans grace ny pardon.

XLI.

Les grands d'accord, & le peuple en misere
Par les imposts qu'il leur faudra payer:
Les laboureurs quitteront leur affaire,
Allant aux coups sans se point effrayer.

XLII.

En la Rhetie, & en la Panonie,
Et en Arthois le sang se versera,
Au mesme temps que sur la Lyburnie
Le nom Chrestien par armes passera.

XLIII.

Le Saxonnois bordera la Prouence,
Pour la garder à ces anciens parents;
Mais neantmoins ceux d'Antibe & de Ve
En tomberont sur de grands differents.

XLIV.

La mort du grand, aux ayeux dissemblables,
Non en grandeur, mais en perfection
Estonnera ses freres honorables
Par la grandeur de la sedition.

XLV.

L'an des parfaits nombres ; de Ligurie
Vn fol conseil sortira son effect,
Asseruissant la patrie cherie,
Au grand conseil puissant, rogue parfaict.

XLVI.

Le Parlement aura grand repentance
D'auoir pour vn offencé les vnis,
Qui liureront la ville des fossences,
Pour se vanger d'auoir esté puni.

XLVII.

De Vvenderland viendront à Phœacée
Pour s'en saisir; mais les gens de sainct Marc
Auront bien tost leur trouppe terrassée,
Et pour butin leur carquois & leur arc.

XLVIII.

Le Viceroy deuenu tout poudagre,
De prisonnier sera chef de party,
L'accusateur dés quelque temps Omagre
Aura du mal quand il sera sorty.

XLIX.

L'oſt animé de la gent Germanique
Voudra chaſſer le grand de ſa maiſon;
Mais les ſoldats en la Gaule Belgique
Les remettront par force à la raiſon.

L.

Nimmegue en bref verra dans ſon Empire
Le grand combat des peuples mutinez,
Le grand meſchant enterrera le pire,
Tous les reſtans en ſeront eſtonnez.

L I.

Les eſchappez de bataille ſanglante
S'eſcarteront errans parmy les champs,
Et pour s'oſter la faim trop violente,
Maſſacreront pluſieurs pauures marchands.

LI I.

Vn Threſorier abondant en finances
Delaiſſera par mort ſon larrecin,
Rauy deſſus les ſuperbes deſpences
Faictes du bien des traiſtres aſſaſſins.

LIII.

Quand au printemps abondera la greſle,
L'on pourra bien ſe tenir à l'eſcart;
Car l'air infect de peſte trop cruelle
Fera mourir du monde la pluſpart.

LIV.

Grand indigné affligera les Minces,
Pour ſe vanger d'vn iniuſte meſpris,
Il gaſtera par ainſi ſes prouinces,
Et ſe verra par ſon degaſt ſurpris.

LV.

Vne fort grande & bonne Catholique
Reſſentira de douleurs en ſon corps,
L'an que le grand quittera l'heretique,
Et s'en yra au Royaume des morts.

LVI.

Les ieunes grands retourneront en guerre,
Et se battront proche du mont Lambert
De leurs deux camps se couurira la terre,
Quand le printemps se parera de vert.

LVII.

Le siege ancien de la haute Lorraine,
Ayans changé le pere pour le fils.
Supportera toute sorte de peine,
Et tous conseils luy seront inutils.

LVIII.

Qui par faueur a eu le nom de Else,
Sera moqué & peut estre puny
D'auoir mené la traistreuse commerse,
Et massacré le seruiteur muny.

LIX.

Le Maquignon grand joüeur de raquette,
Beau, grand & sot, presomptueux & fier
Perdra bien tost le dessus de sa teste,
Et sera mis aupres d'vn Auguslier.

LX.

En Caudebec proche de la maryne,
Y est le nom d'vn grand mal aduisé,
Qui boutera la prouince en ruïne,
Et se perdra sans estre authorisé.

LXI.

Au Veulquesin se fera l'entreprise,
Et le malheur s'estendra plus aduant
Au pont Orson, Chaurane sera prise,
Par le complot d'vn traistre deceuant.

LXII.

La pauureté l'orreur, la maladie
Prendront leur cours l'an seize & trois fois neuf.
Et gasteront toute la Normandie,
Des sainct Malo, iusques au deça Delbeuf.

LXIII.

Vne grand Dame au faict sera surprise,
Dont le peché causera grands debats,
Le grand autheur de la fole entreprise,
Tombera mort au milieu des combats.

LXIV.

Des Potentats & Ecclesiastiques,
Le changement s'en fera par la mort,
Mesme d'vn grand aux palais magnifiques,
Lors que Toulon combattra pour son port.

LXV.

Pres de Gauot s'arrestera l'armee,
Pour sainct Geruais surprendre au point du iour.
Au soufflement de la poudre allumée,
Tous se rendront dans la place à leur tour.

LXVI.

Le grand Marquis, marchandera Peronne,
Au grand abus de ceux-là de Dorlans,
Le chef blessé tombé sur la personne,
Pourquoy plusieurs se trouueront dolents.

LXVII

Tout le traffic deuers la Natolie,
Sera perdu pour quelque peu de temps,
Aussi celuy deuers l'Alexandrie,
Par les Chrestiens & les Mahometans,

LXVIII.

La vertu d'vn Bassar reüssira si bien
Pour les Mahommetans l'an que le huict termine,
Qu'ils prendront grand pays tenu par le Chrestien,
Dont tous les habitans seront mis en ruyne

LXIX.

Beaucoup consulteront pour faire quelque effort,
Mais peu s'aduanceront pour aller à la guerre,
Chacun se sauuera laschement sans remort,
Tandis qu'on les viendra deschasser de leur terre.

L'on

LXX.

L'on broüillera beaucoup, mais rien ne se fera
Qu'enuoyer de par tout message sur message,
Tandis nostre ennemy ses biens augmentera,
Et se rira de nous à nostre grand dommage.

LXXI.

L'insulte Occidental cherchera du remede,
Non plus pour assaillir, mais bien pour se garder,
Ses ennemis boiront dans sa propre Tuede,
Et luy feront chercher moyen de s'accorder.

LXXII

Mayance soufftira, & Spire de mesme,
Pour auoir maintenu le jeune entrepreneur,
Qui c'est laissé porter de l'vn en l'autre extréme,
Et a perdu son bien, son temps & son honneur.

LXXIII.

Si la mere n'a soin d'arrester les peruers,
Les enfans souffriront vne peine incroyable,
Et les plus grands subiets marcheront de trauers
Par la suasion d'vn fin incomparable.

LXXIV.

L'estranger diligent & preuoyant aussi,
Surprendra les secrets, & sçaura la malice,
De ceux qu'il entretient, & le trompent ainsi,
Que si tromper autruy c'estoit faire iustice.

LXXV.

Les trompeurs seront pris, mal menez & pendus,
Par ceux qu'ils ont seruy en faussant leur parole,
Et ceux qui les payoient, & sont esté vendus
Auront vn grand plaisir qu'ils fassent la capriolle.

LXXVI.

Lors de la conionction de Mercure au Soleil,
Vn grand sera surpris de maladie grande,
Dont plusieurs couriront d'vn desir nompareil
De faire pour les leur, comme l'honneur cõmande.

C

LXXVII.

Plusieurs s'esleueront contre leurs bien-faicteurs,
Croyans de se vanger de la iustice faicte
Mais ils se confondront & par leurs seruiteurs,
Ils seront en estat de presenter leur teste.

LXXVIII

Quand la somme sera dix-huict iustement,
Vn grand Prince excellent pourra perdre la vie,
Sa mort apportera vn grand débordement,
Qui fera que plusieurs mourront de male enuie.

LXXIX.

Les freres se plaindront, & l'Ecclesiastique
Fera que son Germain aura dequoy brauer
Aux despens de l'aisné desbauché, fantastique,
Qui pourra bien par trop se laisser abbreuuer.

LXXX.

Le chicaneur puny par l'alliance faicte
Seruira de motif à plusieurs discoureurs,
Et monstrera qu il vaut mieux faire la retraitte,
Que d'aller obstiné irriter les fureurs.

LXXXI.

A Momeny la charge sera forte,
Le pont gaigné, l'ennemy poussera
Fort vertement nos gens dedans la porte,
Et pesle & mesle dans la place entrera.

LXXXII.

Grans reuiendra à ceux qui l'ont perduë,
Quand les Lunez la voudront ranforcer,
Ils auront beau courir, & s'efforcer;
Car dés la nuict elle sera renduë.

LXXXIII.

A lors que dix sera toute la somme,
Le zero aura à droict le premier lieu,
Femmes tiendront le throne du milieu,
Et le combat sera le long de somme.

LXXXIIII.
Par mort le frere aura plus de credit,
Le grand sera en fort grande tristesse,
Plusieurs des siens enfraindront son Edict;
Mais nonobstant viue la saincte Messe.

LXXXV.
L'an que dessus les pluyes dureront
Trop longuement pour les fruicts de la terre
De tous bestails grand quantité mourront,
Et les humains s'affligeront par guerre.

LXXXVI.
Le jeune esleu pour porter la grand charge
Sera trompé par les plus apparents;
Mais neantmoins il aura bonne targe,
Et sortira de tous ses differents.

LXXXVII
Le peuple sot souffrira grande peine
Pour auoir faict grande rebellion,
Et nonobstant elle luy sera vaine,
Car il verra rompre son vnion.

LXXXVIII.
Le Prestre grand finira sa carriere,
Plusieurs debats sortiront de sa mort,
Le plus aduant sera mis en arriere,
Les conseillers en auront du remort.

LXXXIX.
L'esleu nouueau fera fort bonne mine,
Mais nonobstant on le mesprisera,
Dont s'ensuiura grands combats & ruïne.
Le plus puissant l'on authorisera.

LXXXX.
Le visage pourpré par beaucoup de langage,
Fera Migrar les siens au lieu de Marendar,
Si bien que s'il n'a peur, i'ay vn certain presage
Qu'on luy battra les siens per tost l'on far en dar.

LXXXXI.

Ie vois sur le Midy vne grande entreprise
Garde toy gouuerneur de passer la cloison,
Car si tu vas delà, la ville sera prise,
Toy mort, & ruynez tous ceux de ta maison.

LXXXXII.

Lubec s'opposera à la neufue conqueste,
Les peuples rebelles ingrats l'assisteront
Contre leur bien-faicteur, & mesme à la requeste
Des cymbres qui enfin les extermineront.

LXXXXIII.

Qui donnera secours au rebelle heretique
Sera trompé par luy quant moins il le croira,
Que s'il a du recours au vieillard fantastique,
Il perdra les soldats qu'il luy enuoyera.

LXXXXIIII.

Les habitans de la Celtiberie
Voudront passer les plus hautes montagnes,
Mais les Gascons en feront boucherie
A l'aborder de la pleine campagne.

LXXXXV.

Proche d'Espagne & de la Dragonere,
Flotes donrront vn furieux combat,
Le fort battra le iuste debonnaire
Plustost qu'il ait apperçeu le debat.

LXXXXVI.

Le renouueau aupres des Stecades
S'assembleront les fustes de Tanger,
Les Tollonnois leur donneront l'aubade,
Quand ils croyront n'auoir plus de danger.

LXXXXVII.

Sur le resueil de l'aurore vermeille,
Ceux de Morlais seront bien estonnez,
Vn chirurgien qui fort souuent sommeille
Les aura tous au fort abandonnez.

LXXXXVIII.

Le conducteur des Coxis insulaires
Les menera poser à Grenezay,
Puis s'en ira disposer tout l'affaire
Dessur le bord tout proche de Gerzay.

LXXXXIX.

Que ie te plains helas! pauure Nustrie,
Quand ie te voy ployer le poure dos
Souz le fardeau des excessifs impos,
Par les meschans dont tu es la patrie.

C.

La populace trop & trop surchargee
Se donnera au premier conquerant,
Lors on voudroit bien l'auoir soulagee;
Mais le malheur sera trop apparent.

CI.

Tel aydera an grand de Coppenhaue,
Qui ne pourra deffendre sa maison,
Le grand puissant descharmé morne & haue
Les mettra tous en perte & à raison.

CII.

Où habitoient les obstinez Sicambres,
Entre deux eaux se fera le combat,
Le chef viendra plus jaunastre que Lambre,
Se vóyant pris & blasmé du debat.

CIII.

D'Auaricum le chef & son armee
S'assemblera auec ceux d'Arras:
Mais les Gascons les mettront en fumee,
Montviedre voy; qu'ils suyent comme rats.

CIV.

L'empeschement du traitté mariage,
Mettra les Rois & subiets en campagne;
Les Allobrox, Languedocs, & l Imaigne
Pour ce fait là, feront sang en Espagne.

CV.

Depuis soixante sept ville jadis Auguste,
Tu te dois souuenir & garder tes portaux
Car si tu ne le fais ta vainqueresse iniuste,
Te prendra de rechef, & fera mille maux.

CVI.

Ceux de Lozane surprendront l'heretique,
Acompagnez de la gent sans noblesse,
Lors que le chef de l'armee Belgique
Sera blessé dans la plus grande presse.

CVII.

Quand les Lombards assiegeront la ville
Des Neustriens, les Flamands fermeront
Costes de mer, & l'a rendront seruile,
Dont les Picards s'en desconforteront.

CVIII.

Auec regret il faut que ie le die,
Ie vois liurer par ceux de mon païs,
Le ieune Roy esleu pour l'Escandie,
Et tous les siens grandement esbaïs.

CIX.

L'Insubrien & son Roy Catholique,
Voudront brauer la nation Françoise;
Mais sur leur dos tombera la repique,
Les Italiens detesteront leur noise.

CX.

La plus grand' ville du Duché sera prise
Par Transalpins irritez iustement,
La Ligurie en sera toute esprise,
Et maudira son nouueau changement.

CXI.

Tours en danger, Nantes en grand destresse,
Quant les Anglois singleront sur la mer,
Reims combattra, l'estrangere hardiesse,
Qui l'a voudra surprendre & opprimer.

C XII.

O Italie, Espagne, & Angleterre,
Vous vous liguez contre nos deux Gaulois
Mais le nom neuf par son foudre de guerre.
Vous contraindra d'obeyr à ses loix.

C X I I I.

A Vaucouleur l'armée terrassee
Par deffendans aguerris iustement
Iusques en Bearn les restes pourchassee
Apportera vn grand estonnement.

C X I V.

Les deux Germains deschassez de leur terre,
L'aisné battu, Pirenées passant,
Peyro à Neytun toute en sang par la guerre,
Numans battus, honneur au plus puissant.

C X V.

Vn grand Saxon fils de Gaule & d'Espagne,
Mettra son frere au combat bien auant,
Puis il mettra son armée en campaigne,
Et conquerra des terres au Leuant.

C X V I.

Quand des Digites vingt se ramasseront,
Qui a le nom de Percusseur fidelle,
Grand Roy verra que tous s'abbaisseront,
Soubs les lauriers, & sa couronne belle.

C X V I I.

Quand le troisiesme des fils de la bonnasse,
Et du grand, grand aymé, craint redouté
Cinquante neuf grands tours aura conté
Les plus grands Roys ployeront souz sa face.

C X V I I I.

Ieusne asseruy aux monstres de fortune,
Aura douleur au temps de passetemps;
Mais tost apres la fortune opportune
Le rendra luy, & tous les siens contans.

CXIX.

Le nom Chrestien sera plus desirable,
Qu'il ne l'est pas, car le ieune bien né,
Par la valeur de ton bras redoutable.
Vaincra le cœur du grand Turc obstiné.

CXX.

Les Lusitains & la Celtiberie.
Se fascheront de la prosperité
De leur voisin, mais ceux de l'Iberie
Luy iureront toute fidelité.

CXXI.

Remy né du Baptesme honoré,
Comparoistra & gaignera sa cause,
Quand il aura deuotement oré,
Et sera mis souz l'honorable Lauze.

CXXII.

Les Abissins alors contesteront
Quand le croissant souffrira l'estrillade,
Et les croisez les Turcs arresteront
Sur le milieu de leur propre contrade.

CXXIII.

Les Tingitains, & les Numidiens
Se ligueront à ceux de la Lybie;
Mais ils perdront la plus part de leurs biens,
Par la valeur de ceux d'Ethiopie.

CXXIV.

Cela viendra quand les nombres parfaits
Composeront les ans du salutaire,
Et que les bons de la Guerre refaits
Trauailleront pour l'Eternel salaire.

F I N.

www.ingramcontent.com/pod-product-compliance
Lightning Source LLC
LaVergne TN
LVHW020638180726
843502LV00006B/2101